芸廬日月

曾莹○著

本书出版获云南大学一流大学建设项目『中国语言文学』资助

中国戏剧出版社
CHINA THEATRE PRESS

图书在版编目（CIP）数据

云庐日月 / 曾莹著. — 北京：中国戏剧出版社，
2022.7
ISBN 978-7-104-05214-2

Ⅰ. ①云… Ⅱ. ①曾… Ⅲ. ①诗词—作品集—中国—
当代 Ⅳ. ① I227

中国版本图书馆 CIP 数据核字（2022）第 076562 号

云庐日月

责任编辑： 张　霞
责任印制： 冯志强

出版发行： 中国戏剧出版社
出 版 人： 樊国宾
社　　址： 北京市西城区天宁寺前街 2 号国家音乐产业基地 L 座
邮　　编： 100055
网　　址： www.theatrebook.cn
电　　话： 010-63385980（总编室） 010-63381560（发行部）
传　　真： 010-63381560

读者服务： 010-63381560
邮购地址： 北京市西城区天宁寺前街 2 号国家音乐产业基地 L 座

印　　刷： 北京长阳汇文印刷厂
开　　本： 880mm×1230mm　1/32
印　　张： 10.75
字　　数： 130 千字
版　　次： 2022 年 7 月　北京第 1 版第 1 次印刷
书　　号： ISBN 978-7-104-05214-2
定　　价： 128.00 元

序一

遥遥望白云，怀抱一何深

这部《云庐日月》是我读到的曾莹君的第二部诗词集，一边读，心中就一边浮现出这样的感受：绝艳惊才，俯仰古今，白云青岑，托意遥深。数年前初次读到曾莹君的第一部诗词集《畏垒吟卷》时，就已深感惊异，叹为才人。

曾莹君从大学本科到硕士到博士，一直就读于中山大学，师从古典文学领域的名宿大师黄天骥等先生，深得专业精髓。十多年前被引入云南大学任教，她主讲的课程，无论是元明清文学史专业课，还是《红楼梦》《牡丹亭》选修课，无论是本科生课，还是研究生课，讲起来都能娓娓道来，头头是道，随口引证，纵横捭阖，声情并茂，有深度，有才情，善发挥，善启发，大受同学们喜爱钦服，又深得同行和学校督导们的赞赏，很快崭露头角，成为云大青年教学名师。曾莹君不仅课讲得好，学术文章也写得好。她对元代的诗词、元杂剧、明清小说和戏剧特别是《红楼梦》与《牡丹亭》都有深到的研究，其论著也主要集中在这些方面。我读过她的几篇论文，觉得分析解剖十分细致深入，往往在别人视为平常，或者无从下手之处有新发现，提出新观点。比如，从元杂剧中发现元代有声诗，其声情主要来源之一是道教的音乐。这个发现不仅在学界主要流行观点，即唐五代以后无声诗之外独树一帜，也为认识杂剧声情的多样性、复杂性提供了有力的证据，还为金元时期道教特别是全真教与元杂剧的关系研究提供了新途径，这在元杂剧的研究中应该是有着重要学术意义的。教书和学术俱佳已经很难，何况诗词更是写得形神兼备、清新典雅、出类拔萃，这怎能不让人惊叹呢！曾莹君集教学、科研和诗词写作之成之美于一身，套用古人的说法就是数美具、三难并，在当今大学教师中，即使是古代文学专任教师中都可以说是凤毛麟角了。

《云庐日月》结集了曾莹君从二〇一六年十月至二〇二一年十一月约五年间写的诗词，基本上是迁至呈贡之后所写的，云庐即其在呈贡的书斋名。《云庐日月》大体三百篇之数，有诗，有词，间或有少许散曲。诗则七绝五绝，七律五律，五言古诗，七言歌行体，杂言体，众体俱擅；词则小令，中调和长调，各体兼长，且选择词调范围丰赡，粗略屈指，竟有二十一种之多。在此，不厌其烦，罗列于后：鹧鸪天、阮郎归、金缕曲、酹江月、踏莎行、雨中花、水调歌头、夏初临、南乡子、永遇乐、水龙吟、忆江南（望江南）、满庭芳、宴清都、诉衷情、念奴娇、一剪梅、江城子、蝶恋花、瑞鹤仙、临江仙等。不论何种体式，都能驾驭自如，信手挥洒。正应了古人『才人伎俩，真不可测』之语。可见曾莹君才气纵横，情采四溢，一种固定的模式框范毕竟无法拘囿。说实在的，今人写传统诗词往往专于一体，却不能兼及其他。长于律诗绝句的，稍短于古体诗和歌行体；长于诗的，稍短于词；擅填词的，往往只能在有限的几个词调中反复挪移翻腾。而且，总体上看写七律七绝的占绝大多数，由于缺少变化，多数题材雷同重复，内容浅薄，应时应景，无病呻吟，因而被嗤笑为『老干体』。由于七律七绝的形式天生就颇具美感，七律甚至被高友工称为中国文学的『美典』，这两种体式便于作者把经验、印象、情感能安排组织在一个具有优美形式的结构中，便于表达，又易于雕琢控制，因此自唐代以后，七律七绝大行于诗坛，成为中国诗歌的最主要的体式。但是，固定的格式、字数、平仄，相对于需要表现得广阔的外在世界和渊深的内心世界而言，还是显得狭窄了。因此唐宋大诗人往往都是在近体诗之外，还要用古体诗来平衡，李、杜、韩、白、义山、欧、王、苏、黄、陆等莫不如是，从宋代起，大诗人们还将词体作为平衡和补充。可见，仅凭一种单一的体式，仅凭七律或七绝，是无法应付那些五光十色、复杂、广阔的题材内容和思想的，当然也是成不了大诗人的。曾莹君于古典文学浸润甚深，深谙此理，加之才气横溢、学养深厚、精神世界丰富，自然不会局限固守于区区一体一调。比起《畏垒吟卷》来，此部《云庐日月》中古体诗明显增加了，应该也是出于上述原因吧！

虽然体式可以说是有意味的形式，但毕竟只是外表，只是框范，最主要的还是运用这种体式表现了怎样的经验、情感和思想，文字的运作和效果如何，给读者留下了怎样的印象。《云庐日月》的命名及所写，据曾莹君自己说：『因此间云霞蔚然，玩赏不尽。读书其间，当窗即有光色万千，变化万千。所吟诗句，无非纪其岁月，录其心绪。』但是『题材于云霞风月之间，亦别有情肠诗思，非决然与世无关者。即此数年间治学之余，讲席之外，历历心痕屐痕而已』。虽遥望云山，吟赏烟霞，却一方面表现『岁月心绪』『心痕屐痕』，一方面别有怀抱，有所寄托，『非决然与世无关』。具体是怎样一种寄托？因为没有仔细深入品读，这里不作强行索解。我的感觉主要是对纷纷攘攘、汲汲营营、喧嚣奔竞、压力重重的烦恼和痛苦的排解释放。按时间顺序读《云庐日月》，觉得这种印迹一直存在，到后边就越来越明显。

当然，这种烦恼和痛苦不是专属于某个时代或某个个人，实际上古往今来一直存有，几乎是人类共有的。苏轼说的『长恨此身非我有，何时忘却营营』，海德格尔所说的『烦』，大致都是一个意思。沈从文甚至说：『「烦恼」这个名词，支配到一切作者的心。』当然，由于现代社会的高速运转，高度的组织化、格式化和商业化，严重的环境污染，给人带来的压力、烦恼和痛苦是前所未有的。从这个意义上说，曾莹君的烦恼和痛苦就不再是个人的心绪了，也是你的我的，大家共有的，具有普遍的意义。把这种烦恼和痛苦用诗词的形式表达出来，并且找到排解的合适方式，也就具有了普遍的审美价值。当然，曾莹君对这种烦恼和痛苦的感知、表达和排解方式却是相当个人化的、独特的。

曾莹君的第一部诗集《畏垒吟卷》的命名，想来应该与《庄子》有关。《庄子·杂篇·庚桑楚》云：『老聃之役，有庚桑楚者，偏得老聃之道，以北居畏垒之山，其臣之画然知者去之，其妾之挈然仁者远之；拥肿之与居，鞅掌之为使。』据成玄英疏，老子的学生庚桑楚是个隐士，寄居山薮，情敦素朴，心鄙浮华，他请走了那些自恃聪明、炫耀智巧的人，疏远了那些装腔作势、满嘴仁义道德的人，却乐意与那些朴实、单纯、率性的人生活在一起。以『畏垒』命名诗词集子，看来曾莹君是向往这种朴素简单的生活，远离喧嚣，远离纷扰，远离尔虞我诈。这样的地方在现实世界中显然是不可能存在的，但是，『心远地自偏』，只要有向往，有想象，心中自可以有这样一块供自我安顿、休闲之地。这块心灵之地对于曾莹君来说，可称为『畏垒』，亦可称为『云庐』。如果说这块地方叫『畏垒』，还多少有些引经据典、随人学步之痕迹，『云庐』则完全是自己想象、创制的世外空间了。它就存在于呈贡，但它似乎又存在于这个尘土飞扬、车声隆隆、人声鼎沸的城市之外，存在于世俗之外。看到《云庐日月》集中有『柴门』『荆扉』『鸡声』『犬吠』『策杖』『屐痕』这样的字词，仿佛进入了陶渊明、王维们的田园山水世界，但它们只是作者心灵、境界的符号，因为在作者看来，『云庐』在自然中，自然在『云庐』中，似乎已没有铁门，没有钢窗，没有水泥墙。云庐中，或清凉的白云飘来，或明媚的阳光投进，或如水的月光流泻而入，作者或坐在清婉的白云内，或坐在温馨的阳光里，或坐在柔和的月光中，校读古书，吟赏诗词，对话古人，填词赋诗，桌上书册任意横陈，身边小狗酣睡入梦，茶壶在侧，茶香满室。有时枕书而眠，忽然被小狗吠叫声惊醒，才知道云庐外不远处有汽车驰过。有时静立窗前，看空中的云彩起散舒卷，浮沉飘止，如练如团，成丝成缕，有明亮的，灰白的，橙黄的，轻柔的，迟滞的；看远处青山，看山阿烟雾缭绕，看山麓的村庄田野，野店山桥，绿树青草。有时推窗夜伫，看碧海青天，微星闪烁，银河清浅；看月亮皎洁，月下梨花轻落，桂子飘香；看远处沉沉清夜中几缕灯光，偶或有几声犬吠。这时，一切奔波劳累、纠纷羁绊、浮沉荣辱、烦恼痛苦都已消散得无影无踪了，只剩下一个自我的世界，如如安闲的云庐和云庐主人了。这样的意义，这样心境，《云庐日月》中是随手可以拾掂的。在此，仅举数例：

写云庐：『云庐今夜，共远山遥碧，枕书尘息。』『云庐闲坐久，落落几春星。』七绝《云庐》：『万山远矗雾岚中，百虑临觞苦乐同。展卷休因尘事遁，云庐独坐一廊风。』七绝《对山偶占》：『眈山眈雨眈烟树，斟饮几番白日斜。且袖长云闲坐卧，黄昏幽梦透窗纱。』庐中有小狗：『小犬隔帘空吠雨，车声灯影往来频。』『遥山如水墨，小犬吠烟萝。』『隔簾雷隐隐，小犬吠山风。』《我爱云庐好》一共七首，『我爱云庐好，朝来爽气青。白云萦远岫，烟树对晨星。高卧无尘俗，长吟写阒宁。渊明丛菊意，叩盏亦堪听。（其一）我爱云庐好，此间多白云。卷舒全逸致，奔涌郁斯文。偶藉梨花梦，常随跂石人。沾衣成雨色，长揖斥嚣氛。（其二）我爱云庐好，一檐山雨幽。四时风日韵，朝暮鸟声稠。字句俱青碧，澄怀无俗忧。凭几每坐忘，卒岁且优游。（其四）我爱云庐好，负暄晴昼长。小廊闲白日，树影溉诗肠。思入苍穹窅，茶驱霜色凉。依窗时见鹭，敛翮立寒塘。（其五）我爱云庐好，山青入墨深。无鱼闲啜影，有月每当襟。地僻远纷扰，林高多昼阴。小窗堪寄傲，瀹茗唤幽禽。（其六）我爱云庐好，闲居无所逾。推窗邀白月，开眼即青芜。落落何须赏，堂堂固未趋。枕书聊遣岁，持盏自歌呼。（其七）』

云庐饮茶：『世情更迭，红尘浩荡，任我一茶一偈。』『云庐瓦盏共天青，啜饮一冬澄。』『且暮且餐霞，临风一盏茶。』『一瓯消永日，半盏洗尘情。万壑松风起，人襟山色明。』『远山岑寂，持盏对明河。饮彻流光在我，茶色酽、秋月婆娑。今宵意，襟前几上，桂魄几经过。』『羊羔美酒生豪兴，那比茶声入耳清。邀雪系云同一盏，此间独坐数星横。』『襟韵无尘俗，白云檐下生。青山悬四壁，春茗抵三更。』『卯茶一盏诚堪醉，足迹山林犹未赊。些许晨风深谷寂，徐斟岚霭与烟霞。』『长云生树侧，沧海入吾壶。春茗杯浓琥珀薄，斟来仿佛暮霞光。书边岁月江湖远，壶里乾坤清兴长。』『持壶拥盏对重阳。千山入我窗。』『何处生春早？春生茶盏中。半杯深雨色，一涧落松风。前度山方至，此间云欲融。借来天样湛，磐礴坐烟丛。』有专门写饮茶的两组组诗，一为《何处得忘茶，效香山何处难忘酒有作》，凡七首：『何处得忘茶，小窗盈月华。澄澄生四隅，耿耿寄天涯。照映人间色，浮沉世外霞。（其一）何处得忘茶，漫斟屋角霞。远山空寂历，轮月照生涯。自古从来意，任他相竞夸。（其三）』一为《新岁试盏走笔》，凡五首：『云庐凝树色，瀹茗对山隅。些许沉浮意，一时消散无（其四）。白日煮青芜，群山落小壶。苍茫何足论，满耳入云呼。（其五）』曾莹君对茶情有独钟，诗词中写饮茶者甚多，还往往以茶代酒，也偶有写到饮酒者，但其中有些似乎仍在说饮茶。她对饮茶文化深有研究，曾有《纸上茶烟》一书出版。

云庐读书校书：『满襟霁月北窗卧，袖里烟霞尘也无。容闭户，且摊书。朗吟云色亦堪沽。寻幽携屐青山醉，细雨一椽唤鹧鸪。』『何处生春早？春生斗室中。小几悬小月，书榻尽书风。架上尘无迹，庭间日已融。青阳无限意，沉醉立诗丛。』『何处生春早？春生卷册中。依稀今古事，迅疾过山风。敛坐书云迹，擎灯对月融。苍茫存字句，明澈映兰丛。』『空里仍烟幛，云间落素笺。点涂知俯仰，坐卧共流连。浩叹苍山侧，斯人与昔年。』『书窗卷册任横陈，塞兑闭门觅道真。寒屋灯深偕月影，边城山寂有斯人』『拥书每觉红尘远。』

云庐风容月色：『飞尽梨花，犹闻夕鸟，惆怅西园。看白日拂落，山痕浅淡，最足流连。更阑夜静，春星繁粲，月影又坠灯前。』『闲来且共蔷薇坐，榻满白云星满川。』『推窗涌入青山色，灯下横斜任卷舒。斟饮古今衔气象，尘襟洗豁自如如。』『半山烟霭近黄昏。卧流云。远红尘。万顷夕阳，霞色动柴门。立彻苍茫思无极，闲把盏，任纷纷。　古今多少夜归人。怆心神。数屐痕。偶得几星，明灭共沉沦。长笛一声谁唤取，凉月里，旧精魂。』『远岫堆窗碧四围。奔涌横生沧海意，优游独卧白云衣。』『山前雨色梨花梦，盏侧松声岩壑人。』『山影分云入盏来，烟江趁雨挂楼台。』『白云横月影，清浅奈情何。』『半痕山色寂，花影湛流波。』『浮岚澹荡驻眉宇，远岫堆窗意自遐。』

云庐抒怀：『际遇寻常事，沉浮自在槎。』『中天月色嘉。山痕书淡远，灯火映横斜。人世苍茫意，篱间零落花。』『独步长空夜色新。展尽遥山皆冷碧，萦身。

且袖孤光远俗尘。俯仰一乾坤。醉倒歌呼有几人？浩浩烟波今古意，销魂。斗转参横对月轮。』『世间事，飘萧不过，细雨老梧桐。……凭栏意、且寄云踪。初心在，由他扰攘，长啸侣松。』『今古只须臾，光阴过白驹。长云拂盏落，心事此间殊。』『襟上皆烟绿，几曾染俗埃。』『俯仰，浩叹起，襟间万壑，眼底千河。』『远岫列书窗，壁间悬暮江。杳然临古寺，寂历入崆谾。山月生襟袖，白云拥佛幢。隔溪灯火影，犹记足音蹬。』『半生心事眼前诗。一樽寒月影，染却几青丝。……红尘云外杳，他日寄新枝。』

以上只是大致的划分，诗词中表现的情感、思想、经验、感兴、意境，往往是感性的，浑然一体的，不便强予分类，因此抄录三首比较有代表性的诗，以供欣赏：**《居家闲咏》**：『茶与晨光寂，山从窗外来。分明苔色浅，仿佛晓烟开。万啭归深谷，春风拂镜台。闲眠簾未卷，门掩远纤埃。』**《春夜骤雨》**：『隔簾雷隐隐，小犬吠山风。春夜雨声里，幽怀杯盏中。梨花溪月梦，几案白云空。刹那归沉寂，由他去若鸿。』《山麓楼居，用元人旧韵》：『云色挂窗棂，意共群峰豁。从容却奔竞，岁月极寥廓。烟树莽苍苍，骤雨起林末。卷帘观墨泅，心寂远城郭。纵有车声繁，松风拂屋角。今古事无别，斜月临众壑。小楼闲把盏，照映几离合。残灯动轻幌，山影入书阁。浮华无着处，笠屐伴行脚。翠微横旧径，白鹭水边泊。晨昏数不尽，生涯诚可托。即便掬岚霭，瀹茗相与酌。叩壶忘去来，眼前清樾若。默然但危坐，物华听摇落。梨花春昼永，如此即胜着。万溪盈耳际，尘鞅已然脱。四时由耽溺，开卷销索寞。沧浪不在远，诗肠不待濯。青青吟未已，独立犹野鹤。碧空澄如洗，幽姿谁能缚。』读这几首诗，管中窥豹，差可对《云庐日月》的命义及其中所表现的和所欲表现的有了粗略的了解。

值得注意的是写于去年十月的一组『和陶诗』。这组『和陶诗』包括《和九日闲居》《和庞参军》《和移居》二首、《和读山海经》《和饮酒》二十首，一共二十五首。这组诗与《畏垒吟卷》相比，无论内容、写法和风格上都有了变化，也较《云庐日月》中前期写的诗有了变化。当然，这种变化并非突然出现，而是有迹可循、渊源有自的。从精神实质而言，是前期那种虽寄居城市，却有意疏离尘世喧嚣，甘于寂静清雅生活，摆脱现代烦恼和痛苦，寻求内心安宁闲适的自我期许和理想的合理延伸。实际上在『和陶诗』之前，前举《居家闲咏》《春夜骤雨》《山麓楼居，用元人旧韵》等诗就已有了近似陶诗的意味。虽然这样，变化也是明显的。

在苏轼以前，似没有人追和过陶渊明诗。苏东坡说，古之诗人，『未有追和古人者也。追和古人，则始于吾。吾于诗人，无所甚好，独好陶渊明之诗』，『吾前后和其诗凡一百有九篇』。苏轼之后，九百多年来，追和陶诗的诗人作品越来越多，如苏轼一样成功者却较少。原因就在于，和诗之难在于拿捏的尺度，必须在似与不似之间。完全不似，毫无联系，则就不能算追和；完全相同，亦步亦趋，迷失自我，毫无个性，也就没有追和的必要了。就是说，既要在精神上与陶渊明有某种契合，还要在语体表达上与陶诗有某种联系，又要能表现不同于陶渊明的个性和思想，以及生活世界的差别，表达上也有自己的风格。在这一点上，曾莹君还是做得比较成功的。曾莹君的和陶诗确实有追踪陶诗之处，既然是『和陶』，这是不可避免的。比如『寒暑又移时。人生有代谢，衰荣常如兹。敛翮归来意』『徘徊无定所』『善恶苟不应』『但使愿无违』这些诗句，有着学习陶诗的痕迹。有些诗是个别字词稍似陶诗，却能反向使用，从而使诗句甚至整首诗产生新的意义。『托身焉得所，入目孤鸿飞』，陶诗有『托身已得所』。又如『举俗皆云非，孰能笃于是。痛饮求一醉，盏中尽哀毁。生涯等梦幻，盛衰亦尔尔。令名不足惜，何必从黄绮』。这一首是追和陶诗《饮酒》其六的，其中『黄绮』等一两个字词与陶诗相似，但整首诗立意有很大不同。陶诗原诗为：『行止千万端，谁知非与是。是非苟相形，雷同共毁誉。三季多此事，达事似不尔。咄咄俗中愚，且当从黄绮。』二诗相较，区别却是很明显的。曾莹君的和陶诗更多是与陶诗不同，只是在境界上、内在精神上与陶诗有某些相通之处，略举几例：『山居固逼仄，入户有薰风。一觞兼一咏，自在百年中。俗情何能尔，无由辨穷通。冉冉明星出，初月正如弓。』『畴昔苦营营，扰攘不相得。寒暑更推移，焉能无所惑。世俗相欺久，岁老气渐塞。怀人起慨然，去去就乡国。林光随秋黯，挥杯之渊默。』『相与楫湖山，倏然忘隐仕。浊酒且当尽，乐闲罢营己。澹荡随白云，奔竞以为耻。斯世须快饮，寄意樽盏里。淹留壑舟逝，澄风须有纪。俯仰终一世，何必留行止。唯求素心人，晨夕与相恃。』『生涯复能几，终怀在任真。举俗汲汲意，如何使其淳。

亭亭空中月，遍览世间新。颓波日浩荡，漂流近旧秦。杨朱沾襟处，满目俱埃尘。从来功名士，驰骋颇殷勤。白发难为俦，倾盖不相亲。挥觞祛百虑，那问要路津。啸傲轩窗下，莫负头上巾。念此岂无慨，千载有斯人。』这些诗切合了和陶的题面，也有陶诗的那种平淡而有思致的风味，但主要表达的还是自我人格、理想生活、人生价值的追求与表达，是实实在在的曾莹君的诗，诗中始终有一个曾莹君在。有人曾问杨万里，东坡和西溪的和陶诗，谁的更像陶诗？杨万里说，我知道渊明、东坡、西溪三人的诗各有风格，至于『似与不似，余不得而知也』。确实，和陶诗最重要的是通过这种形式、由头、话题，表达自己的个性和价值追求，创造出有独特个性的作品，而『似与不似』反而就不太重要了。曾莹君的和陶诗成功了，是真正属于曾莹君自己的诗。曾莹君的和陶诗与《云庐日月》的其他诗词在气质、个性、风格和精神也是基本一致的。在这里，还想说的是，自苏轼以来，追和陶诗的诗人难以计数，不知其中是否有女诗人？恕我阅读有限，在以往的阅读经历中我还从未碰到过，曾莹君是我碰到的第一个追和陶诗、并取得成功的女诗人。

由《云庐日月》可以感受到，曾莹君可以当得上『兴高才多，寓目辄书。内无乏思，外无遗物』。青春年华，凌云健笔，可望写出更多的动人诗篇。

段炳昌（云南大学文学院教授、博士生导师、云南省文史馆馆员）

二〇二二年五月二日于昆明龙泉路云大小区住宅

序二

浮沉世外的诗性生活

曾莹从本科一路到古代文学博士，她是我地道的中山大学学妹。后来她又从陈引弛教授访学，我亦因陈允吉先生而与上海结缘，因此她也是我地道的复旦大学同门。她一直向往山西，说自己的姥爷是阳城人，因此我们自然也算成了山西同乡。这些学术之外的因缘，有的是既成的交集，有的则是有意的『攀扯』，但都让交流和探讨更趋常态化，也让我在不断的学术问询中，见证了她的变化与如常。

她的『变化』，自然是从本科时对元代文人王祎的研究开始，到博士阶段针对《玉山雅集》而展开的元代诗风变化的研究，一直到工作十多年来致力于古代声诗研究，越变越深，越变越广，越变越契入古代诗歌艺术本体。这是一个纯粹学者的艰苦蜕变，从小而微的学术问题，延展为大而博的文化要义，始终在古典文学领域不断地超越既往的学术成绩。每每拜读她的论文，谈论她的研究心得，总能看到启人深思的发现和观点，她的『变化』已经在引导着更多人去探索新的学术空间。

她的『如常』，是在生活、职业和事业的流转中，始终恒常保持着学者理性与文人操守。传统学术所要求的才、学、识，乃至超越知识之上的文化智慧，其实在当代庞大的学术群体中已然变得稀缺，急功近利的指标已经很难造就真正践行着学行并重、内圣外王的真学者。曾莹女士却坚守着这样的学术理想，在学术的枯寂中乐享着文化的润泽。尤其是在她的教学生活中，将学者理想与师者风范做了很好的融合，把文化之美、艺术之美贯穿在她对诗文、小说、戏曲等多元领域的教学研究中。每每看到她秀出的学生反馈，分享她的教学成果，总能看到坚韧的个体通过『如常』的执着所带来的环境变化。

这其实是一种生命态度，就像她在《云庐日月》中收录的诗词创作，日月流转的所有变化与印迹，都呈现在编年记录的文字和表达中；而质性天然的云庐映像，却都体现在她的见闻感悟与诗词意境里。大学中文系的老师，基于阅读和教学，写几首合辙押韵的古典诗歌，并不少见，但是将诗歌作为生活方式，在学术与生活的诗化表达中，融入自己独特的生命体悟，却至为难得。『云庐』是曾莹的诗室书屋，云聚云散，云兴云起，都随应天然，都师法造化，以云为庐自然超越了世俗，诗文音韵也就成了空灵而没有造作的纯粹笔墨。

曾莹是少有的古典诗人，她把生活中点点滴滴的琐碎，都化成了美的意象，都编织成了律动的诗词。感性的生活把握，理性的学术认知，本来最容易背道而驰，但在曾莹的笔下却兼容无碍。体现在诗词中的真性情与她探求史实与文心的真学问，一线感通，成了真学者的底色，也成了真诗人的本色。

曾莹爱茶，她的著作《纸上茶烟》，将与茶相关的诗文小说，做了很好的辑录，并且把自己的生活感触融入到文字意象中，通俗的文字中有着真学者的深刻见地。她用自己的散文，来回应古人的诗文，用自己的生活，来对接古人的品茗。悠远千年的茶事茶典都汇总到了她的文化生活中。《云庐日月》像这部书的姊妹篇，里面有大量关于茶的映像，却用诗词形式，写尽了渗透着茶香茶韵的生活机趣，严整的格律间流动着真诗人的心灵悸动。

曾莹本来善饮，在民族地区调研之时，在友朋聚集之时，都可能会浮白畅饮，那种豪爽在《和饮酒》这样的诗歌中体现得酣畅淋漓。但是她的诗中始终将『茶』作为生活不可或缺的内容。『羊羔美酒生豪兴，那比茶声入耳清』，清楚地表明了她独尊茶饮的立场，乃至她仿效白居易《何处难忘酒》，创作《何处得忘茶》七首。『纸上茶烟字句间，衔杯啜雪未为闲』，她每天接触的文字中就充满了茶的影迹。在她秉持『抱茶拥卷是生涯』的理想中，『素履芒鞋亦足夸』的朴素以及『万千年事映书灯』的优雅，都成了云庐中坐看烟霞的底色。

因此，在杏坛讲学之外，品茶、读书、写诗成了她生活的全部。晨起品茶，『书边岁月江湖远，壶里乾坤清兴长』；午后饮茶，『纷纷扰扰际，相对半瓯茶』；夜晚对茶，『茶浓似夜浓，酽酽远山重』；新年时，『此际可围炉，泠然共一壶』；花朝时，『书窗谁共半壶梦，卧彻茶声兼雨声』；谷雨时，『新茗偕谁饮，行歌欹枕听』；处暑时，『烟山当处暑，茗色湛琉璃』；中秋时，『饮彻流光在我，茶色酽、秋月婆娑』；秋天对茶，『谁言秋色浅，一盏共清深』；冬天对茶，『云庐瓦盏共天青，啜饮一冬澄』，乃至于终日独坐，『且暮且餐霞，临风一盏茶』『一瓯消永日，半盏洗尘情』，乃至稍有烦乱时，『闲敲茶盏难成调，斟饮遥山岚色凝』。因为品茶，她的诗词自然处处皆茶，而因为恬静的读书、因为娴雅的科研，她的诗词自然也处处都是质性天然的存在，与茶的品性相似，而又有别样的风骨情趣。于是，那些记录在日月中的诗词，就成了云庐生活的编年。喝茶、读书、研究、看山、听雨、观风，等等，一一写入她的诗词，诗歌创作也成了她的修行。

我曾经诚心向曾莹拜师学习古诗写作，虽鲜有进展，却深深地服膺于她的诗性生活，这自然让我每每在慨叹世俗劳碌时，总能感应到来自滇中的那份纯净和高远。在《云庐日月》即将出版之际，我有幸成为最早的拜读者，写几段粗浅的文字，作为遥望云庐而领会诗心的一点感受吧。

王馗　于京华双惺小阁

序三

去年盛夏，当曾莹君忽然微信嘱我为《云庐日月》作序，我秒复的惊骇表情，大概颇令人不忍卒观，以至于她迅速安抚说『其实还早』。

结果这一拖，几乎就是整整一个蓝星绕日公转周期……

直至今夜，初夏的北窗外，边城山脊线以远，高空云层静默地放射着或横或纵的电流束，略为诡异的遥远光影，有种诸神之黄昏的即视感。忽然觉得，似乎是个写点什么的良宵。

与曾君的交谊，说来也甚是奇妙。相识至今不过六年，会面总不过三或四度吧。况且初见还是一种喧杂仓促的场景，两个人各自烦躁着，也都没有多少社交的意愿。更何况，近三年来，与曾君已分处两城。每每在昼与夜各自迟疑、光与暗明灭未定的时段，我吞下最后一口宵夜，放下小说，卷起残余的夜色欲眠；而她恰已寻得第一抹朝曦起身，沏一壶早茶，开始读书。不时如此在朋友圈匆匆交错着，常常令我兴起幻觉，好似叼着猎物回巢的猫头鹰，与远眺海天抖落晨露的信天翁遥遥望见，翼风微接，幽蓝的眸色倏然一触，等于互道了一声沉默的『hello』。

也许，就是这样的幽蓝中，属于灵魂的某种物质振动，呼应，共鸣，乃使曾君不惜以诗序相托吧，我想。在人类布朗运动搅起的潮流与旋涡里，『我们因时间、运气或不幸而抵达孤独』。于是，当一枚绝缘体遇到另一枚绝缘体，大抵能在较短的时间内认出彼此异常的轨迹，『了解』由此而生。

既然如此，且容我按下自己的惭愧与惶惑，对曾君和她的《云庐日月》做一管窥。

记得当代有种文学理论，主张将诗人研究与诗歌评价隔离开来进行。大致而言，这种方法或无甚不妥，然而于这卷《云庐日月》而言，却似乎并不可行。

综观曾君历年诗词与两个集子，除与爱侣茗对以外，其诗中眼前景心上事，几乎全是第一视角的无『人』之境。诸多『如画平林，浸霜风日，蓬窗笔墨微寒』的背景调子，『瓦盏共天青』的清旷氛围，茶烟，书卷，时卉，风雨，檐和飞鸟，月光与星子，晴云暮霞的鲸群鹤阵……总之，良辰美景要素无一缺席。而同时，抚卷倚几，濡管侧写，今夜的星辰似乎昨夜亦在，去年的山樱来年犹开，徜徉其中的『时间』元素似乎也亦实亦虚，复为云庐增添了一缕幻境的气息。

面对这些大量的反复出现的诗词元素，其中『人』这一传统元素的明显缺失，就显得格外突出。对此，倘若不能对作者之性情态度稍有认知，整卷诗词恐易被草草读过，并被目为雅致的仪式的风花雪月，无非对暗中偷换流年的采撷与叹惋，对无可复制时光的镌刻与琢磨。

其实，『……诗歌记录感觉、快乐和激情，但最好的则搜寻出那些超越快乐的、过程之外的。激情并不像热情能够接近的东西那么重要。诗引导我们一部分一部分地去发现一个世界，正如照片打断了连续性，给我们时间看每样事物的独立与充足。诗从我们向前的无穷流动中选取一部分去用心了解它的优点。』（杰克吉尔伯特）

可见，对某类作者而言，诗并不仅仅止步于『呈现』，而更关乎『探求』。甚至，关乎以『选择』来『抵御』，关乎以『构筑』来『拒绝』。

我总觉得，曾君与她的云庐原是互相成就和维系的。庐结车马之境，人有稻粱之谋，而诗者之所以一遍又一遍刻划着『我见我所欲见、我闻我所欲闻、我思我所欲思』，正是以主观的决绝，剔除掉一切环境之杂音浮色。讯翁所谓『目前只见云水，听到的多是风涛声』，心境处境虽不尽相同，而姿态却大抵相类。于是，眼为山青，意与云平，天地纳于一窗，一庐，一心的幽独与干净，固然是作者对云庐生涯的真实摹写，同时更以一种『幽姿谁能缚』的觉悟与神情，刻意营造成一颗精神星球。这颗星球很小，却又辽远深邃而万象俱足。只有懂得了这种自觉疏离流俗的勇气，意识到这种睥睨着身外，也既是『云庐』外的种种喧嚣，听得见这种轰隆隆的静默，或许，方能对云庐日月生出真正的理解与欣羡。

当然，也正如曾君对我所说，于她而言，此一卷诗，『就是日月而已』。大概对时间过度敏感者，光阴河流上这里那里，一点点的斑斓色相，只要对『我』具备了足够的意义，便成了诗。说到底，也都不过是彼时彼刻必须的独自呢喃，甚至呓语，原并不甚希图多少传播与解读。不过，这些呢喃与呓语，一旦被文字定义成型，便有了它们自己的宿命。或许竟在未来的某一时分，栖于，擦过，甚至撞中某双眼睛与某个心灵，从而完成诗歌的终极完美闭环。如此的遇合，却已不是作者所可以预见的。那么，设若这一篇小文能稍稍稍稍地增加这一几率，那就很好。

是为序。

二〇二一年初夏夜，程皎记于滇南小城

目录

鹧鸪天　**桂花**

庭中桂香缕缕，晨起即醉。次姚蓉师姐韵

总是山间一盏幽。衔云倚梦数椽秋。生涯几缕经霜意，

素履从来和月留。　谁曾妒，几曾羞。情疏行逸足风流。

庭前落尽月中影，香远尘心岂待收。

二〇一六年十月一日

秋深走笔

刹那吟成十分忧，数本梧桐写闲愁。
菊紫频簪蓬蓬发，酒狂怎耐款款收。
篱前月色今夜隐，科头携谁共醉游。
世间万种何足恃，惟有清风可淹留。
把盏擎灯千古意，我自澹荡更悠悠。
立尽苍茫知有待，野船横卧月一钩。
倚马牵黄明河远，杯中剑气溢小楼。

一饮青海长云阔，再饮城西碎叶稠。

三饮江天纤尘散，四饮寒空千嶂暮雨幽。

五饮人共青山瘦，六饮啸傲苍穹侣霞鸥。

凭高暂揖期汗漫，摇落人间惟红叶白茅堪与我酬。

饮不彻襟上耿耿袖里沉沉枕边恻恻檐下飕飕，

眼底身前几度秋，独坐黄昏海风休。

二〇一六年十月一日

何处得忘茶七首

效香山何处难忘酒有作

（一）

何处得忘茶，小窗盈月华。
澄澄生四隅，耿耿寄天涯。
照映人间色，浮沉世外霞。
此时无一盏，何以话桑麻？

（二）

何处得忘茶，停云待暮笳。
星横山色寂，霜冷月痕斜。
襟袖年华老，诗肠逸兴夸。
此时无一盏，争奈隔天涯。

（三）

何处得忘茶，漫斟屋角霞。
远山空寂历，轮月照生涯。
自古从来意，任他相竞夸。
此时无一盏，谁与共云槎？

（四）

何处得忘茶，侣鸥兼侣霞。
四檐黄叶雨，半枕城头笳。
际遇寻常事，沉浮自在槎。
此时无一盏，何足写生涯？

（五）

何处得忘茶，中天月色嘉。
山痕书淡远，灯火映横斜。
人世苍茫意，篱间零落花。
此时无一盏，讵可醉流霞？

（六）

何处得忘茶，青衿映落霞。
书窗横月影，山色浸晨笳。
且共澄怀逸，漫将酒兴赊。
此时无一盏，何计洗尘沙？

（七）

何处得忘茶，清凉月印纱。
诗含今夕意，星隐旧时笳。
半纸霜痕浅，小几竹影斜。
此时无一盏，谁可与嗟呀？

二〇一六年十月

驻马听 秋思三首

用关汉卿原韵原格，衬字亦仍其旧

（一）

夜雨声叠，吟碎书窗秋老也，不觉的星沉灯灭。袖霜披酒漫伤嗟。醉时节尘俗骤然绝，醒时节肝胆分明热，谁共我歌痛切。击唾壶酬月色远山如血。

（二）

槛菊金叠，秋雨频仍霜底月，睡不稳灯窗明灭。断砧归雁最堪嗟。北轩下高卧尘情绝，江楼上酬答肝肠热，难得语真意切。九日杯沉醉事暮云如血。

（三）

旧梦层叠，旧事如云难骤别，想旧迹缘何湮灭。小窗斜月惹伤嗟。仰雁字云淡山清绝，烧红叶烟泉茶初热，谁识此中笃切。有限秋无限意夕阳成血。

二〇一六年十月九日

缅栀子，俗称鸡蛋花

澄黄约素白，
清逸鬓边来。
佛国明空色，
如如不动怀。

二〇一六年十月九日

书事

江湖横楫处，
闻泣直声穷。
渭水长安意，
青衿抵暮红。

二〇一六年十月九日

阮郎归　重阳　用小山韵

又拈素管写清霜。徘徊午梦长。苦茶陶盏立重阳。秋情属旧乡。

频俯仰，月流黄。杯中有限狂。一川红叶却微凉。吟篇慰寸肠。

二〇一六年十月九日

独坐

移樽思就月，俯仰噀清波。
掩卷蕉窗句，叩壶白雪歌。
篱间青一剪，竹下影无多。
此际堪沉醉，悄吟皓夜过。

二〇一六年十月十一日

秋思

用汤义仍韵

细雨梧桐色，书窗抵暮阴。
彷徨霜底月，零落槛边金。
素盏从谁把，黄花顾影簪。
开轩无尽意，袖手啸清音。

二〇一六年十月二十日

秋思之二

秋色闭门至，幽怀共昼阴。
罢吟修竹逸，漫袖月轮金。
征雁谁偕隐，长云星独簪。
夜来砧断续，嘈切演心音。

二〇一六年十月二十日

金缕曲

赋高柳白鸥赠吾友

人世匆匆矣。算几番、隙中过影，庭前凉月。驰目萧疏何堪寄，斟饮长空一碧。又值此、晚秋天气！高柳晴鸥随俯仰，吐胸中、浩荡烟霞逸！成焕映，报知己。

无尘清夜当沉醉。舞流光、缱绻朝暮，忘怀今昔。多少侠肠青衿老，扼腕谁同幽契！停楫处，星沉云起。漫写横斜飞木叶，倚楼台啸遍明心迹。偶然叹，平生意。

二〇一六年十一月十九日

无题

树心浸透山河色，
一笑白云眼底横。
万象空明澄岁月，
古今浩荡怒涛声。

二〇一六年十二月二十二日

酹江月

丁酉元夕，读天风阁词集，同为凉夕，亦堪坐月，次其韵有作。

云庐今夜，共远山遥碧，枕书尘息。一盏轻寒春料峭，照见年来踪迹。漫挹天风，醉衔长句，总是江城客。城边横月，唤他销尽愁色。觅处不见斯人，素襟星鬓，聊付孤檠寂。此际笙歌喧沸市，卧稳山家村笛。清苦数峰，纵横河汉，摇梦恒相忆。短蓬灯火，朗吟谁识幽魄。

二〇一七年二月十一日

春色如许五章

（一）

春草池塘梦待期，
色妍何奈日迟迟。
如些姹紫嫣红意，
许入义仍笔下奇。

（二）

春雨一椽幽可期，
色含山意写栖迟。
如何再遇沾衣客，
许我入云深处奇。

（三）

春茶一椀话襟期，
色色心痕抵暮迟。
如此生涯如此意，
许诗许茗总称奇。

（四）

春水柴门讵有期，
色衔江柳落花迟。
如知逐日愁皆碎，
许下青冥一段奇。

（五）

春老无痕难与期，
色侵素履意迟迟。
如能不负烟霞癖，
许梦拂云松影奇。

二〇一七年二月十二日

鹧鸪天

读天风阁龙泉山居词，爱其下片，略易数字，以写吾之山畔楼居。复次其韵，足成一首。

有限生涯傍竹居，茶声灯下能华予。满襟霁月北窗卧，袖里烟霞尘也无。容闭户，且摊书。朗吟云色亦堪沽。寻幽携屐青山醉，细雨一椽唤鹧鸪。

二〇一七年二月十四日

遥为彼得堡送冬，口占一绝寄朝晖

梨花一曲旧天涯，
漫漫凛冬几暮鸦。
涅瓦冻河侵客梦，
灰城愁色雨如麻。

二〇一七年二月二十日

大足道中

濛濛春雨浥香尘，处处花开足消魂。
不用骑驴随郑綮，诗人车已入剑门。
细雨沾襟斥俗尘，青山满眼慰诗魂。
谢公素屐随行迹，剑气箫心入此门。

二〇一七年二月二十三日

对雨偶占

柴门春树掩，青霭远山深。
细雨明苔色，长云惬素心。
梨花宜对酒，夕月可邀临。
半纸翛然意，茶烟梦里寻。

二〇一七年三月十二日

踏莎行　重庆旅舍　步少游原韵

雨洇寒江，霭侵舟渡。高楼雾失云深处。倚窗谁记旧山城，夕阳影里车声暮。枕侧灯昏，波横月素。拾他旧日不知数。青衿笠屐袖长庚，浩歌鼓枻听风去。

二〇一七年三月二十九日

春日闲笔

一檐细雨青衿湿，
春日迟迟海角藏。
几处啼莺残梦远，
对吟今夕醉时光。

二〇一七年四月二日

雨中花　用东坡韵

闲倚书窗苔色，半盏春愁，几箪茶烟。小谢梦中相遇，细雨荷钱。飞尽梨花，犹闻夕鸟，惆怅西园。看白日拂落，山痕浅淡，最足流连。

更阑夜静，春星繁粲，月影又坠灯前。多少事，去来难计，两鬓苍然。新酒频斟漫饮，吟襟不假鲜妍。一身如寄，万家春树，岁岁年年。

二〇一七年四月十日

赠安之

海日初生际，
长云拂地垂。
安之何所似，
芳树叶离离。

二〇一七年四月二十四日

失题三章

用陈寅恪先生原题，遥和吾兄

（一）

俗耳于今较昔多，
牛腰折断奈愁何。
北窗此日徒搔首，
往事中怀寄啸歌。

（二）

正声汩没已无多，
聚散荣枯恨几何。
日日北窗尘土漫，
此间高卧不成歌。

（三）

蓝衫经雨别离多，
肝胆一生迹若何。
方寸星河行处是，
涵空千里有清歌。

二〇一七年五月二十六日

水调歌头　用易生原韵咏义仍谪徐闻曾至香嚣事

海上传星气，啸咏月生时。云樯风色何在，瀹茗对清瓷。俯仰词人往昔，白玉河边旧句，今古一灯熹。羁客倚舟楫，长夜枕乡思。多少事，苍梧意，片云飞。明河澹澹，微茫立却梦初回。阅岁经秋转徙，蹴浪珠崖滉漾，凝望尽冥迷。袖手俗波远，天地共相知。

二〇一七年六月二日

夏初临

照眼炎榴，明几翠篠，阶前细雨分茶。数盏流光，漫斟屋畔云霞。蔷薇弄影晴纱。坐深阴、饮彻繁花。轻雷盈耳，小荷风色，新夏人家。

悠长白昼，高卧遥山，卷帘日暮，把酒生涯。笺横几笔，蕉窗又自嗟呀。夜色清嘉，近书灯、河汉初斜。鬓生华。犹见楼心月，招展檐牙。

二〇一七年六月八日

南乡子　重来

用东坡席上劝酒韵

旧月映楼台。当日心痕尚在哉？且袖一泓山海色，重来。不负鸥盟不负才。

尘世几倾颓。幸得苍苍共酒杯。看彻窗前舒卷意，天开。待斫云根到处栽。

二〇一七年六月十六日

夏至口占

夏日至山乡，江云逐梦长。
蕉窗销暑色，高卧一宵凉。
夏晚至云乡，江声入梦长。
吟襟尘俗远，扑面是清凉。

二〇一七年六月二十七日

盆荷

田田荷叶小，
明月此间多。
拍岸波声寂，
池青无尽歌。

二〇一七年七月九日

松声溪云

万壑松声起，
清溪一片云。
闲来唯把盏，
即事亦欣欣。

二〇一七年八月十四日

早秋登云峰山有作

万顷冷松擎碧空，
无边云雾众山同。
偶因霁色缓行色，
又促流年蝉翼风。

二〇一七年八月二十五日

重临热海

霞客屐痕印此间，
泉源汩汩不曾闲。
沸腾何用趋炎势，
造化洪炉早铸颜。

二〇一七年八月二十五日

登临偶占

尘意满襟期一洗，
何妨临水与登山。
且将双目层峦寄，
两掬青青对世间。

二〇一七年八月二十六日

七夕

一夕秋期河汉浅，
世间离绪此宵深。
乱云无尽阻车雨，
幸得双虹慰别衾。

二〇一七年八月二十八日

丁酉中元夜见月有作

晕黄云漫月，
清碧水犹天。
蛩唱秋思切，
吟襟山色前。

二〇一七年九月六日

午后茶事

几许停云色，
一泓迎绮霞。
纷纷扰扰际，
相对半瓯茶。

二〇一七年九月六日

永遇乐　**秋晨即兴**

山色迢遥，晓云含雨，微凉轻袅。几缕晨光，窗前小立，漫共霜风契。砚边痕迹，书间字句，又写秋心如例。俟低回，苍茫难掬，行藏用舍都匿。层林冷绿，凭阑无尽，万顷碧波堪醉。把盏清寒，吟哦逸兴，思著山公屐。世情更迭，红尘浩荡，任我一茶一偈。对东篱，黄花碎彻，且将影寄。

二〇一七年九月十五日

水调歌头　中秋

今夕一泓月，又映旧青冥。清辉随兴，临水在手一般明。独立簾栊卷处，漫拾书中影迹，是夜最关情。谁与孤光俱，自在忘亏盈。

棹苍茫，涯岸杳，几番晴。此宵仰首，玉绳低挽远山澄。看取盏前襟上，试写鬓边廊下，银汉转无声。且卧松风侧，相与话生平。

二〇一七年十月四日

雨窗走笔

雨来山色近，
一室俱空濛。
帘染青苍意，
蓬窗万壑风。

二〇一七年十月二十一日

藕汤戏题

一泓秋色汤间漾，
半亩荷塘入梦来。
举箸沉思前事杳，
枯肠逢藕得开怀。

二〇一七年十月二十八日

过虚云寺

檐前谁倚风吹竹？
今日虚云又复来。
心事授衣知有待，
万山胸次共天开。

二〇一七年十二月十五日

胡思年月

胡为栖海隅，
思共远山闲。
年去岁来意，
月华澄澹间。

二〇一七年十二月十六日

水龙吟　白鹭

水风蘋末微凉，偶逢羁客湖心住。晴波共枕，枯荷遥对，其幽如诉。鸥迹斑斑，霜痕隐隐，半襟清露。尽茫茫烟水，翛然意绪，赢得几人相顾。

骤起倏然行色，此间余，霞汀星渚。影踪敛散，旧乡回望，寒塘轻渡。独立何伤，徘徊那惧，流光低舞。任风华写彻，苍茫歌阕，绿云深处。

二〇一七年十二月二十九日

小寒

小寒天气未寒时，
夜色怡人花色垂。
灯影千家人影寂，
凭栏展卷月华迟。

二〇一八年一月五日

山行有感

今日入山恨不深，
他朝推窗起微吟。
半湖滉漾天青色，
把盏须臾共饮斟。

二〇一八年一月二十二日

忆江南　用王琪原韵

江南雪，心绪碎无端。树树泠然被素月，痕痕莹彻赋深寒。把盏有余欢。

清绝处，湖上几人看。玉影横斜思旷绝，越山掩映入冰澜，谁立断桥残。

二〇一八年一月二十六日

落照

横肆无边沧海意，
夕晖倾泻远山形。
陡生浩叹来天地，
万里千峰日色溶。

二〇一八年一月三十日

满庭芳

时近岁除，春意融融，填词一阕聊贺新岁，次姚蓉师姐韵

如画平林，浸霜风日，蓬窗笔砚微寒。一冬无雪，搦管尽春颜。漫倚云庐晴昼，把盏处、岚色清妍。山樱小、襟霞带露，幽独胜群仙。今番。尘事杳，书间昨夕，茶侧新年。袖沧海、吟哦独立梅边。且坐黄昏初月，诚堪醉，花影凝烟。灯明灭，中宵醒彻，长啸动春暄。

二〇一八年二月十三日

戊戌正月初三口占

霞色入杯觉酒浓，
春山漠漠夜溶溶。
何人与立檐间月，
听彻云间几杵钟。

二〇一八年二月十八日

水仙

春夜静繁花，亭亭伫水涯。
一丛清白意，几度洗晴霞。
澄风一室数丛花，且共伊人立水涯。
独有幽怀诉不尽，素心白壁映晴霞。

二〇一八年二月十八日

春夜

茶浓似夜浓，
酽酽远山重。
一砚梨花月，
蓬窗万壑松。

二〇一八年二月十九日

初春偶题

春风骀荡入吾庐，
席卷云霞数架书。
倚槛持杯樱色浅，
流光舞彻自如如。

二〇一八年三月一日

散步偶占

黄昏衔夕日，
白月坠林间。
谁写初春色，
溶溶淡淡山。

二〇一八年三月一日

戏拟上元夜无寐一首呈皎兄

夜来安得眠，
春月枕边悬。
照彻浮华梦，
如何度锦年。

二〇一八年三月三日

元夜

灯火琉璃夜，
小楼月正闲。
清晖襟袖染，
花树焕春山。

二〇一八年三月三日

黄昏偶作

且唤梨花散暮愁，万溪岚色挂书楼。
黄昏清啸烟尘远，春色无边树色幽。
谁写残阳连海色，烟霞怒卷起楼台。
醉颜且染青天彻，一盏春风动地来。

二〇一八年三月十四日

花朝节偶题

是日乍晴乍雨，实为百花仙子蘉卿等庆生，更兼为暮春洗红。渐近清明，高卧中得无幽怀

一霎雷鸣一霎晴，听风听雨近清明。
书窗谁共半壶梦，卧彻茶声兼雨声。

二〇一八年三月二十八日

春日迟迟四章

（一）

一山新雨色，万啭落窗前。

空里月痕浅，轻云自在悬。（晨）

（二）

白日青春焕，柴门树色浓。

小几横小盏，花叶影重重。（昼）

（三）

近晚林中寂，遥闻春水湍。

荆扉衔落照，暮色远山阑。（昏）

（四）

时雨飞尘静，青苔月一泓。

春灯书影共，檐下尽松风。（夜）

二〇一八年四月四日

宴清都

地僻多烟树。方清晓，几重山隐浓雾。疏帘漫卷，蕉窗懒启，闲共风雨。茶烟欲袅还休，待饮彻、流光一曲。把盏处、炎夏生凉，园中布谷飞度。

骊歌四起，音调先苦。年来岁往，屐痕满地，旧时难驻。匆匆又值分携，书中字句斑驳，早忘却、曾经赘语。见镜中、绿鬓星星，愁丝怎数？

二〇一八年六月十日

无题

细雨迷蒙山隐映，荷心万点动流光。
半生落落红尘远，一舸青青夏梦长。
意气由来倾俊乂，年华不信遽仓皇。
枕书籍籍烟塘卧，拂尽徽弦寄杳茫。

二〇一八年六月十日

云庐

万山远矗雾岚中，
百虑临觞苦乐同。
展卷休因尘事遁，
云庐独坐一廊风。

二〇一八年六月十五日

夏日偶占

一窗烟绿无痕雨，
半夏轻寒八树风。
指点吟襟犹昔日，
徘徊云水寄诗筒。

二〇一八年七月二十六日

南乡子 戊戌中秋

秋色浸晨昏。纸上窗前月一轮。又值婵娟千里意，无尘。今夜相思共启轩。把盏得眉伸。荡尽烟波有几人。仰首云河更漏永，依门。几许清光旧梦痕。

庭桂映柴门。碧汉无声月有痕。小叩澄空清骨冷，谁闻？恬淡秋容酒一尊。旧日付诗文。急管繁弦梦里身。素魄孤光横万顷，良辰。揽影徘徊自绝伦。

南乡子　戊戌中秋

秋魄共清氛。独步长空夜色新。展尽遥山皆冷碧，萦身。且袖孤光远俗尘。

俯仰一乾坤。醉倒歌呼有几人？浩浩烟波今古意，销魂。斗转参横对月轮。

二〇一八年九月二十四日

南吕·四块玉　归去来

秋水长，秋空淡，秋月横窗枕楼台。秋星散落秋山外，且看那霜鹭飞，说什么篱菊开，谁共归去来。

两鬓星，一灯小，羁旅临风可衔杯。吟襟行处存诗债。竹径幽，月影徊，归去来。

南吕·四块玉　红楼

青埂峰，红楼梦，离合兴衰不胜哀。荒唐难了三生债。道不尽木石盟，又谁惜咏絮才，漫说归去来。

二〇一八年十月十二日

满庭芳 清梦为鸡声惊破后作

几处鸡声，半痕霜月，一番清晓溶溶。寒山重叠，烟色掩遥峰。恰值秋深漏尽，趁吟兴、稍遣愚衷。世间事，飘萧不过，细雨老梧桐。流光伤系挽，凋零鬓侧，辗转归鸿。慰情是，檐前几笔空濛。漫倚栏杆小立，凭栏意、且寄云踪。初心在，由他扰攘，长啸侣松风。

二〇一八年十月二十六日

晨起研墨有作

清霜山色冷，呵手试桐烟。
几纸冷然意，一番阴雨天。
对书频叹息，展眼又经年。
世事多如此，松云枕藉眠。

二〇一八年十月三十日

偶占

霞羽流空天地炫，
窗间云色落晨襟。
纵横谁识霜毫蕴，
焕映古今惟此心。

二〇一八年十一月十五日

诉衷情　次吾友泛园书生韵

山前草色泛初晴，远近映空明。年光老尽春树，云冷晓霜清。

洇旧迹，对残灯，感平生。几般檐雨，几盏烟霞，几枕松声。

诉衷情　冬日观书品茶　复用泛园韵

云庐瓦盏共天青，啜饮一冬澄。书窗白日流卷，亭午更分明。　擎简册，袖松声，写幽情。寂寥山色，蹭蹬生涯，别具惺惺。

二〇一八年十一月二十五日

附

诉衷情 程皎

边城暮雨捲新晴，巷陌伞花明。熙熙晚集初散，烟渺夜风清。

弹茗盏，数街灯，鬓华生。去来秋汛，断续心潮，点滴檐声。

清晓对山

寒山烟几点，岁月卷苍茫。
杳杳旧踪迹，疏疏衰草黄。
晴空凝树色，鹤影慰诗肠。
俯仰趋今古，中宵半枕霜。

二〇一八年十一月二十七日

念奴娇　冬雷破梦后记

一檐冷雨，共冻雷入枕，凄寒天气。断续敲窗频破梦，乍醒云洇窗际。但恐冬樱，凌风才坼，又落花岑寂。车声侵晓，略无晴日踪迹。因念旧岁心痕，书间辗转，种种盈胸臆。字句犹新，留不住、鬓上青青印记。几缕惭恨，惺亭月色，相诉恒相忆。长风澹荡，远山烟树如荠。

二〇一八年十二月八日

满庭芳

寒夜梦回后作

夜透霜衾，梦悬清枕，一檐悄语喁喁。疏帘轻卷，眉月淡溶溶。几点惊鸿影过，惹无数、心事云中。倚更漏，书楼卧彻，寒色数峰同。江湖波浪恶，沉浮世味，破碎萍踪。历多少，黄尘席卷繁红。老却青青发鬓，匆匆又、岁暮深冬。偷然意，晨烟袅尽，无地写情衷。

二〇一八年十二月十五日

诉衷情

寒灯曳尽剩寒星，照映小窗明。凄凄暗夜推枕，檐角坠松声。

漆静处，对霜清，遣幽情。月沉光敛，影寂风停，更见心澄。

二〇一八年十二月十六日

对霞口占

匝地彤云卷怒涛，
流霞到处耀林梢。
横斜漫寄苍茫意，
犹共一星立市桥。

二〇一八年十二月十六日

独坐

旦暮且餐霞，临风一盏茶。
迢迢生野兴，寂寂宵林鸦。
万树烟岚冷，几檐晴色赊。
深冬何所见，襟抱与生涯。

二〇一八年十二月十七日

无题和吾兄

多增一位是徒劳，
申辩无门意气消。
莫论工分能有几，
每逢表格断牛腰。

二〇一八年十二月二十四日

新岁试盏走笔

（一）

此际可围炉，
泠然共一壶。
观书鸣盏侧，
霞色映苍梧。

（二）

今古只须臾，
光阴过白驹。
长云拂盏落，
心事此间殊。

（三）

捉月待青蚨，
煮茶事井梧。
素心兼素履，
踽踽赴长途。

（四）

云庐凝树色，
瀹茗对山隅。
些许沉浮意，
一时消散无。

（五）

白日煮青芜，
群山落小壶。
苍茫何足论，
满耳入云呼。

二〇一九年一月一日

灯前

灯前愁草色，次第落寒笺。
俯仰寻诗句，行藏入古滇。
衔杯沧海远，散步月华鲜。
霜冷山林迹，凭阑数点烟。

二〇一九年一月二十二日

无题

车声窗外悬，兀兀坐无眠。
难对伤心句，寻思招隐篇。
生涯黄卷里，意绪故山前。
侵晓寒襟色，穿云落素笺。

二〇一九年一月二十四日

岁除偶占

已无庭燎映江色，仍有星辰缀古今。
几处傩声驱疫疠，一壶柏酒慰浮沉。
春生宇内檐风暖，新近岁阑云影深。
起坐喧哗辞旧日，称觞犹见少年心。

二〇一九年二月四日

元日戏占

旧日襟痕尽已除，少年小岁进屠苏。
松声一枕浑闲事，漫蘸清茶自画符。
自古文章无坦途，纵横逸兴寄壶卢。
蓦然新岁樯前意，遥隔绛河待锦符。

二〇一九年二月五日

春日

一泓晴色半桥风，八抹轻云缀碧空。
柳上星星初见绿，檐前隐隐又凝红。
竹篱素履黄花乱，野径江庐幽兴同。
杂树明霞飞白鹭，暮来影寂鸟声中。

二〇一九年二月十四日

落霞偶占

落霞生凤羽，
展翼动长空。
灼灼春天暮，
千山幻景中。

二〇一九年三月三日

春日黄昏偶题

枝上尽春色，黄昏过小楼。
枕书寻旧迹，散步遣闲愁。
几处莺声软，漫天花影浮。
偏思前夜雨，洒落半檐幽。

二〇一九年三月九日

东陆海棠绝句

（一）

年年春昼醉花阴，
最是红轻绿未深。
难得旧时檐角在，
顾存棠影与吟襟。

（二）

东陆海棠花事酽，
纷纷又是一年春。
无端心绪凌风色，
轻叩小楼远世尘。

（三）

棠阴深处立书楼，
寂寞黄昏故梦休。
总是鹧鸪声里意，
拂他不尽起吟讴。

（四）

海棠深处莫言愁，
且逐流光过小楼。
谁共笙箫人散后，
一天明月四檐幽。

二〇一九年三月十二日

一剪梅　己亥题春

棠影随风入素笺。朝写轻妍，暮写轻妍。春光渐酽恰凭栏。繁处欣然，寂处欣然。

多少旧时月色寒。纸上斑斑，衣上斑斑。梨花盏底兴无端，茶亦流年，酒亦流年。

二〇一九年三月十四日

生春二十章

依韵效元微之

（一）

何处生春早？春生山色中。
茸茸新盏绿，谡谡一林风。
初坼粉轻浅，渐知气暖融。
闲云喧鸟影，枕梦卧书丛。

（二）

何处生春早？春生雨意中。
沉酣多少梦，难敌四檐风。
晨起觉山绿，簾开知气融。
拂窗兼扫径，莹润寄花丛。

（三）

何处生春早？春生茶盏中。
半杯深雨色，一涧落松风。
前度山方至，此间云欲融。
借来天祥湛，磐礴坐烟丛。

（四）

何处生春早？春生斗室中。
小几悬小月，书榻尽书风。
架上尘无迹，庭间日已融。
青阳无限意，沉醉立诗丛。

（五）

何处生春早？春生眉黛中。
漫勾山色浅，轻扫一簾风。
孤意连青鬓，萧然实未融。
含情长若蹙，烟树共云丛。

（六）

何处生春早？春生柳岸中。
星星初绽绿，款款乍当风。
如线情何系，飞绵雪又融。
垂条千万缕，拂地入芳丛。

（七）

何处生春早？春生纤月中。
一痕檐角瘦，两袖远山风。
入盏清光永，卷帘夜色融。
澄澄襟抱意，俯仰立诗丛。

（八）

何处生春早？春生永昼中。
迟迟闲白日，荡荡挹长风。
远近山林色，四围烟霭融。
向来高卧意，何待锦罗丛。

（九）

何处生春早？春生苔影中。
阶前迸新绿，襟上起晨风。
色共烟岚浅，形将石意融。
庭阴听独赏，惫懒顾花丛。

（十）

何处生春早？春生笔墨中。

几行临细雨，数纸驭和风。

冥漠山林寂，横斜月色融。

一灯衔远意，搦管对芳丛。

（十一）

何处生春早？春生云霭中。

凭栏沧海意，把盏少年风。

舒卷心方逸，翩跹色渐融。

含情长拂地，仰首见星丛。

（十二）

何处生春早？春生高树中。
拂云闲白鸟，凝雨肃清风。
挺立初心固，葱茏芳气融。
明河悬翠叶，顾影落幽丛。

（十三）

何处生春早？春生逸气中。
翩然衣白袷，萧飒驾长风。
回首尘嚣远，展眉孤意融。
纵横之海屿，放浪寄烟丛。

（十四）

何处生春早？春生阡陌中。
纵横初见绿，苍莽又凭风。
播洒梦魂浅，低回天色融。
几何堪拾取，畎亩遍珍丛。

（十五）

何处生春早？春生卷册中。
依稀今古事，迅疾过山风。
敛坐书云迹，擎灯对月融。
苍茫存字句，明澈映兰丛。

（十六）

何处生春早？春生素履中。
十方山水色，一掬落霞风。
迢递情无尽，徜徉意俱融。
归来多少梦，尽寄绿萝丛。

（十七）

何处生春早？春生阒寂中。
烟林衔落照，天末起凉风。
灯畔世情暗，庭前暮景融。
一钩山月小，留影映疏丛。

（十八）

何处生春早？春生喧闹中。
万千灯火色，几许玉簪风。
街市车声永，小楼花影融。
黄昏休独坐，来对少年丛。

（十九）

何处生春早？春生恣意中。
衔杯江海兴，抛卷入帘风。
高卧书窗寂，倾谈日色融。
灯深听夜雨，叩盏啸诗丛。

（二十）

何处生春早？春生万象中。
读书欣昼永，把盏悦松风。
痕月纤林漠，岚烟清晓融。
流光难细数，负手叩幽丛。

二〇一九年三月十七日

讲筵偶占

窗尽婆娑绿，
风生细碎歌。
讲筵无舞袖，
粲语漾春波。

二〇一九年三月二十五日

顺宁道中

（一）

青峦烟霭里，
山色亦涟波。
春树人家掩，
横斜雨一蓑。

（二）

卧云山色涌，
披拂落前襟。
漫卷苍茫意，
沉吟共古今。

（三）

迢递驱车远，
云山历几重。
青青横眼底，
曾记足音登。

二〇一九年三月二十八日

给小元

（一）

笑靥如三月，
春星入眼眸。
青青檐下雨，
生意满书楼。

（二）

时雨飞尘静，
青春白日欣。
牵衣同指月，
笑语过层云。

（三）

小元清隽致，
出岫驭晨风。
仰首惟欢笑，
明河在漆瞳。

二〇一九年三月三十一日

午困偶占

几欲手抛书，
眼饧午梦初。
觉来唯树影，
高枕即吾庐。

二〇一九年四月八日

咏明河

次义仍韵

澄碧天心一练悬，未知何处唤舟舡。
徘徊漫忆云间卧，萧瑟方知秋气连。
仰首谁明三五恨，擎杯更值物华鲜。
洗车雨过难赋别，漾漾横空影在川。

二〇一九年五月二十五日

初夏

次义仍韵

一梦蕉窗细雨悬，天光林色入舭舡。
荷盘初剪半塘夏，朗月当空万壑连。
斟饮流波嗟往日，徘徊风露待澄鲜。
闲来且共蔷薇坐，榻满白云星满川。

二〇一九年五月二十五日

少年心

（一）

凭栏谁赋少年心，
山色从来抵暮深。
尽掣鲸鱼归碧海，
衔杯遥对半庭阴。

（二）

海棠舞却少年心，
洒落悄然屐齿深。
俯仰几何尘境远，
半襟云色半襟阴。

（三）

月华寂处枕初心，

辗转嚣尘竹影深。

高论遏云曾记否，

徘徊书馆一廊阴。

二〇一九年五月二十六日

欲雨

山来欲雨半帘青，
抵暮书楼暗画屏。
排浪卷涛云万顷，
敲窗一霎最堪听。

二〇一九年六月十二日

晨起漫题

（一）

又是雨丝风片里，
云山墨晕掩重楼。
一囊旧梦凭谁共，
深浅随缘刹那留。

（二）

霎时风雨隐层楼，
顷刻神驰白鹭幽。
醉软烟丝衔往日，
几番抛洒抚清愁。

（三）

帘外潺潺听入枕，
抛书梦远可堪求。
嫣红姹紫曾开遍，
云寂山深树影稠。

二〇一九年七月一日

偶成

（一）

白日仓皇见，中天雨气悬。
迷离耽旧径，踟蹰对云笺。
几度萦回意，一番萧索然。
檐前痴立久，树色又含烟。

（二）

廊前一径绿，顾拂总轻妍。
些许旧晴色，寂寥微雨天。
云沉山渐暗，风起海初悬。
听彻琤琮意，夜阑知几椽。

（三）

微霏新雨天，白屋但颙然。
鸟影衔山碧，鸡声共雾悬。
云开知豁朗，客至更翩跹。
浩叹同今古，擎杯沧海前。

二〇一九年七月六日

黄昏骤雨口占

雨丝风片黄昏色，
万叶千声动暮愁。
烟树浓云都不见，
一灯明灭在书楼。

二〇一九年七月十七日

晓来大雨有作

近晓惊残梦，雨声入枕裯。
敲窗疑有旧，撼叶岂无由。
层叠湖山冷，冥茫心上秋。
拥衾听洒落，天地一书楼。

二〇一九年七月二十日

满庭芳　晓来雨作

灯下依稀，檐前仿佛，一霎声满阑干。漫推衾枕，残梦有余寒。抛洒回汀未绝，翩然至、帘外潺潺。云山隐，蓬莱不见，烟霭掩楼观。

缠绵。萦耳侧，前尘凌乱，旧事纷然。可消得书窗，久立无端。纸上淋漓墨色，记多少、往日盘桓。回眸处，炉烟袅尽，溪涧又溅溅。

二〇一九年七月二十日

推窗

推窗涌入青山色，
灯下横斜任卷舒。
斟饮古今衔气象，
尘襟洗豁自如如。

二〇一九年七月二十五日

晓来雨霁有作

云开知雨霁，苍霭入窗来。
帘卷晨风寂，灯擎山色嵬。
徘徊因旧句，萧散共青苔。
襟上皆烟绿，几曾染俗埃。

二〇一九年七月三十一日

对茶偶占

一瓯消永日，
半盏洗尘情。
万壑松风起，
入襟山色明。

二〇一九年八月二十日

秋思

深院立多时，月华霜色滋。
披衣听漏永，搦管望星垂。
今夕伤风叶，何人梦啭鹂。
铺排笺上意，此刻尽相思。

二〇一九年八月二十二日

江城子

半山烟霭近黄昏。卧流云。远红尘。万顷夕阳，霞色动柴门。立彻苍茫思无极，闲把盏，任纷纷。

古今多少夜归人。怆心神。数屐痕。偶得几星，明灭共沉沦。长笛一声谁唤取，凉月里，旧精魂。

二〇一九年八月二十二日

望江南

云庐清晓开壶

秋渐晓，灯影曳轻霞。几树霜烟岩壑冷，半窗萧瑟更清嘉。拥盏遣生涯。

青鬓老，对镜莫咨嗟。旧迹堪寻容策杖，新壶漫把试斟茶。斜月映山家。

二〇一九年九月三日

满庭芳　己亥中秋

悬影楸梧，衔光楼宇，掬水满把清波。远山岑寂，持盏对明河。饮彻流光在我，茶色酽、秋月婆娑。今宵意，襟前几上，桂魄几经过。辗转，多少事，檐边独步，宇里嗟哦。怪有限生涯，太易蹉跎。仰首频生浩叹，云无迹，旧梦如何。青冥杳，苍苍踏遍，立处起清歌。

二〇一九年九月十三日

行山走笔

（一）

步山兼步月，
清目更清心。
万籁深林寂，
喧飏月满襟。

（二）

古径横斜处，
老僧旧迹青。
众流听截断，
月色贯沧溟。

（三）

秋来无尽意，
尽在深山中。
樾暗明幽径，
襟间万壑风。

（四）

自在听青霭，
千峰屐底过。
沾衣空翠冷，
浩淼小烟波。

二〇一九年九月十九日

山行偶占

苔色青青人迹浅，
山间邂逅秋容深。
几痕月影留幽涧，
掬水在心林樾阴。

二〇一九年九月十九日

鹭

雪客山前影，翛然又一秋。
青霄曾寄梦，细雨那言愁。
独立江湖远，盘旋古木幽。
苍茫寻旧迹，霞浦晚烟收。

二〇一九年十月二十九日

己亥冬夜口占

灯深忽起苍茫叹，
一室檐风茶碗寒。
把盏敛衣冬夜永，
遍敲凉月倚阑干。

二〇一九年十一月十三日

满庭芳　南陵三日

黄叶轻飞，戏台兀立，细雨夜色婆娑。古今堪写，方寸付铜锣。些许铿然意绪，倾倒处、满耳清歌。腾挪事，沧桑阅尽，且任我嗟哦。

俯仰，浩叹起，襟间万壑，眼底千河。又宛转低回，唱彻弥陀。慢板清槌点染，听多少，世事经过。从拾取，茫茫旧迹，莫教漫消磨。

莹案：李白《于五松山赠南陵常赞府》诗中有『远客投名贤，真堪写怀抱。若惜方寸心，从谁可倾倒』数句，词中『古今』诸句，皆据此化出。

「弥陀」一句，则是目连戏中【佛赚】等曲，多有唱颂佛号处，故云。

「清槌慢板，阳腔广调」，是为南陵目连戏之音乐特性，故有此句。

孟浩然《夜泊宣城界》诗中有「去去怀前浦，茫茫泛夕流」，词中之「茫茫」，即用此。

抵昆已两日，添注情由，更易数字，依然，聊充行纪。

二〇一九年十二月一日

入冬口占

（一）

烟山几堵窗前立，
霜落砚台呵手冰。
纸上相逢云水句，
长吟把盏一冬澄。

（二）

羊羔美酒生豪兴，
那比茶声入耳清。
邀雪系云同一盏，
此间独坐数星横。

（三）

纸上茶烟字句间，
衔杯啜雪未为闲。
相思欲写何由寄，
凉月千山与万山。

二〇一九年十二月二日

金缕曲　凉月

一掬寒波碧。浸长空、苍茫难辨，数行霜迹。几径蒹葭衔雁影，恍坠前人句里。归棹叹、无端而起。凉意渐深听滉漾，立中宵、风露凭谁记？多少事，已今昔。清光未减诚堪醉。想人生、流行坎止，向来如此。聊共烟江披月色，无数相思写寄。料知我、澄怀如水。啸咏从容尘襟洗，纵横是、河汉生云气。圆与缺，又何计！

二〇一九年十二月十日

云庐闲居送旧迎新走笔三章聊寄友人

（一）

浩荡年光落又开，
四时霞色濯轻埃。
推窗开卷浑闲事，
河汉凌空笔底来。

（二）

研雨磨烟何有涯，
一窗山色最堪夸。
青青总是襟间意，
星斗文章焕月华。

（三）

曲海诗心对月澄，
万千年事映书灯。
闲敲茶盏难成调，
斟饮遥山岚色凝。

二〇一九年十二月三十一日

元日即事

满耳冻雷行处声，将风兼雨起春鸣。
澄清天地一元始，瑞雪纷然心欲醒。
碧山被白映书窗，且把屠苏对晓釭。
天地澄明涵万物，又依簌簌作新腔。

二〇二〇年一月二十五日

庚子上元日走笔

又值团圆日，清光映古今。
永悲离合苦，尤恨瘦情深。
忍掬中宵色，堪磨万户心。
谁怜襟上意，拂却剩长吟。

二〇二〇年二月八日

庚子正月十七

（一）

一盏山前雨，浓云卷昼阴。
烟丝萦树影，远意动孤襟。
檐下轻雷起，园中苔色喑。
敲窗知几许，小立觉寒侵。

（二）

雷声几上听，掩卷雨溟溟。
刹那开天地，须臾堪醉醒。
风云多变幻，尘世几凋零。
扰攘浑闲事，盏中山色青。

二〇二〇年二月十日

玉佛寺梅花

（一）

萧寺春光寂，
拂檐风色清。
凌寒尘俗远，
瘦骨月中擎。

（二）

梅香幽窈处，
石径少人行。
梵呗晨昏漾，
中庭月色萦。

（三）

一冬将尽意，

寺角数枝花。

雨水春容洗，

临窗瘦影斜。

（四）

襟上酒痕浅，
檐前照眼明。
虬枝凝傲骨，
细雨寺钟清。

（五）

遥想风前影，
谁吟傲雪心？
江湖横楫处，
落月起清音。

二〇二〇年二月十九日

无题

白云长揖襟期豁，犹记去年山色稠。
几树雨声春在耳，一天星影月当楼。
匆匆总是人间意，落落难驯水际鸥。
漫拥烟霞矜素履，吟肩高耸卧兰舟。

二〇二〇年二月二十日

无题

入目烟岚写莽苍，青春又至动吟觞。
推窗天色湛如洗，掩卷残灯意转长。
无恙楚山风谡谡，有情汉水碧汤汤。
谁人知我中宵叹，耿耿盈襟系一方。

二〇二〇年二月二十一日

感怀

襟韵无尘俗，白云檐下生。
青山悬四壁，春茗抵三更。
郁郁当窗牖，莹莹共短檠。
履声清万壑，仰首大星横。

二〇二〇年二月二十二日

晨起口占

一盏瀹春融，
烟霏凌晓空。
山光灯影里，
漫扬落花风。

二〇二〇年二月二十六日

独坐

青青未了一簾风，
舒卷纵横几处同。
落月吹将沧海去，
树云万顷市声空。

二〇二〇年二月二十六日

春晓骤雨

杯深山雨急，
清晓拂窗棂。
倚卷听抛洒，
灯前得自宁？

二〇二〇年二月二十八日

有怀

远岫列书窗，壁间悬暮江。
杳然临古寺，寂历入崆谾。
山月生襟袖，白云拥佛幢。
隔溪灯火影，犹记足音跫。

二〇二〇年三月七日

居家闲咏

茶与晨光寂，山从窗外来。
分明苔色浅，仿佛晓烟开。
万啭归深谷，春风拂镜台。
闲眠簾未卷，门掩远纤埃。

二〇二〇年三月十六日

春夜骤雨

隔簾雷隐隐，小犬吠山风。
春夜雨声里，幽怀杯盏中。
梨花溪月梦，几案白云空。
刹那归沉寂，由他去若鸿。

二〇二〇年三月二十四日

春雨

（一）

一雨春山绿，
帘前烟霭青。
云庐风亦染，
扣盏更堪听。

（二）

一雨眼眸青，
倚帘把盏听。
今春多少意，
抛洒共丁零。

（三）

一雨茗烟倾，
壶中春色明。
倚窗听不尽，
斟饮总关情。

（四）

一雨隐春灯，
吟襟自朗澄。
琤琮檐上起，
枯坐意峻嶒。

（五）

一雨宇俱鸣，

书窗意纵横。

古今堪浩叹，

长啸揖长庚。

二〇二〇年三月二十四日

春日口占

抱茶拥卷是生涯，
素履芒鞋亦足夸。
饮彻窗前千古月，
云庐独坐共烟霞。

二〇二〇年三月二十四日

谷雨

一盏窗前色，片时风雨青。
长云牵远岫，溪涧绕山亭。
新茗偕谁饮，行歌欹枕听。
云庐闲坐久，落落几春星。

二〇二〇年四月十九日

春晚口占

趁月行歌早，
延春唤酒频。
盏中何郁郁，
襟色了无尘。

二〇二〇年四月十九日

庚子谷雨

又值桃花屋角烟，
遥山树色小窗悬。
白云无尽澄空宇，
最是轻妍谷雨天。

二〇二〇年四月十九日

四禽言

用元人梁栋原韵

不如归去，纵然地僻尽烟树。
苍茫阅尽江湖冷，长夜棹欹欹枕处。不如归去。
行不得也哥哥，山深云冷岚霭多。
一春闭门遣长日，饮彻流光知几何。行不得也哥哥。

脱却布裤，春衣裁却若许布。
春灯聊共春月擎，春星缀庐眠几度。脱却布裤。
提壶芦，提壶芦，青蚨搜尽亦当沽。
春风一舸任纵饮，浪平烟寂卧三闾。提壶芦，提壶芦。
二〇二〇年四月二十三日

立夏

数月蛰居今立夏，晨光树色入门扉。
松声绕室鱼千里，远岫堆窗碧四围。
奔涌横生沧海意，优游独卧白云衣。
清和依旧诗中句，持盏长吟送落晖。

二〇二〇年五月五日

卯茶

卯茶一盏诚堪醉，足迹山林犹未赊。
些许晨风深谷寂，徐斟岚霭与烟霞。
鸟声万啭落庭隅，长夜擎灯檐影孤。
待晓摊书浑不觉，又看云气起青芜。

二〇二〇年五月十一日

春夜即事

（一）

仰首春星迹已陈，书窗灯影独清真。
山前雨色梨花梦，盏侧松声岩壑人。
被发凭栏生浩叹，叩壶啸月绝贪嗔。
门扉倚遍浑闲事，那计流光过眼频。

（二）

无边春色为谁陈，雨夜渔歌听未真。
几处轻雷灯下句，一船江月梦中人。
拥书每觉红尘远，依棹休听俗子嗔。
掬尽烟波山影寂，衔杯把盏莫辞频。

（三）

长云尽处数星陈，斜月一痕旧梦真。
我亦天涯归棹客，时无局外烂柯人。
砚山堕泪伤今古，沧海凭风起怒嗔。
春夜彷徨思往事，那堪檐下燕来频。

（四）

愁肠几许待前陈，谁写流年影迹真。
休叹一春羁素履，又和夜月作诗人。
伤怀总是弦中意，把盏犹闻梦里嗔。
小犬隔帘空吠雨，车声灯影往来频。

（五）

细雨流光难具陈，优游逐岁自天真。
曾经云卧岩栖处，几见功成身退人。
灯下砚边寻字句，盏前襟上博微嗔。
市桥依旧春星粲，瘦笄吟肩顾影频。

二〇二〇年五月十三日

黄昏骤雨

山影分云入盏来，
烟江趁雨挂楼台。
凭栏更觉书窗暗，
白鹭飞时起暮雷。

二〇二〇年五月十六日

首夏晨色

清晓推窗云满几，
青青山色入帘帏。
松风洒落盏边意，
鹭影穿烟自在飞。

二〇二〇年五月十七日

无题

几许沉浮意，
山前雨色俱。
长云生树侧，
沧海入吾壶。

二〇二〇年六月七日

盆池 用澹庵韵

（一）

小池涵月影，
方寸漾清波。
一舸横沧海，
生涯待若何。

（二）

云卷滩声碎，
星澄叶底波。
棹歌山月小，
借问夜如何。

（三）

一叶亭亭意，
难藏万里波。
白云横月影，
清浅奈情何。

（四）

半痕山色寂，

花影湛流波。

旧梦溪桥月，

此间贮几何？

二〇二〇年七月二十日作于一叶莲花后

一叶莲

（一）

白云拂羽衣，
临水待斜晖。
一叶风波色，
此间宜缓归。

（二）

白日穿云留迹处，流光衔梦著轻纱。
亭亭瘦影绝尘韵，落落素襟照水涯。
最是沉酣惊促迫，那堪独立转伤嗟。
浮岚澹荡驻眉宇，远岫堆窗意自遐。

二〇二〇年七月二十二日

新月首日晨起，斟茶汤色如酒。段炳昌先生言易杜诗一字差可形容，遂足成一首以记其事

春茗杯浓琥珀薄，斟来仿佛暮霞光。
书边岁月江湖远，壶里乾坤清兴长。
遥想一天如濯锦，低吟野树渐披霜。
小楼坐卧云端色，山麓松风入旧章。

二〇二〇年八月一日

新月首日晨起，斟茶汤色如酒。段炳昌先生言易杜诗一字差可形容，遂足成一首以记其事

山麓楼居

用元人旧韵

云色挂窗棂，意共群峰豁。
从容却奔竞，岁月极寥廓。
烟树莽苍苍，骤雨起林末。
卷帘观墨洇，心寂远城郭。
纵有车声繁，松风拂屋角。
今古事无别，斜月临众壑。
小楼闲把盏，照映几离合。

残灯动轻幌，山影入书阁。
浮华无着处，笠屐伴行脚。
翠微横旧径，白鹭水边泊。
晨昏数不尽，生涯诚可托。
即便掬岚霭，瀹茗相与酌。
叩壶忘去来，眼前清樾若。
默然但危坐，物华听摇落。
梨花春昼永，如此即胜着。

万溪盈耳际，尘鞅已然脱。
四时由耽溺，开卷销索寞。
沧浪不在远，诗肠不待濯。
青青吟未已，独立犹野鹤。
碧空澄如洗，幽姿谁能缚。

二〇二〇年八月三日

黄昏戏笔效回文

游遨自醉遣幽兴，啸咏行歌谩泊船。
流出壑心云枕月，鹭栖树杪暮生烟。
楼高倚断梦中曲，地僻耽留石上泉。
愁却闲来将茗瀹，晚窗山色夕岚悬。

附回文

悬岚夕色山窗晚，瀹茗将来闲却愁。
泉上石留耽僻地，曲中梦断倚高楼。
烟生暮杪树栖鹭，月枕云心壑出流。
船泊谩歌行咏啸，兴幽遣醉自遨游。

二〇二〇年八月六日

戏效发白解嘲

霜色离披值早秋，
月华相共醉楼头。
鹭鸶胜著一身雪，
半枕长云不识愁。

二〇二〇年八月八日

雨窗

倏尔檐风至，
闲吟雨一蓑。
遥山如水墨，
小犬吠烟萝。

二〇二〇年八月十一日

庚子处暑饮茶

烟山当处暑，茗色湛琉璃。
又共今春景，长怀深谷时。
生涯一笠雨，世事万松飔。
闲掬流光碎，衔杯写旧词。

二〇二〇年八月二十二日

茶屋

次元人龚璛韵

远岫窗前意，峥嵘盏内成。
萧萧泉石冽，谡谡径云萌。
细雨柴门掩，幽怀瓦缶鸣。
徐斟尘世杳，唤月共闲行。

二〇二〇年八月二十三日

蝶恋花　秋分

仰首流云无系处。凉月横空，犹揖檐前树。遍写秋声知几杵，明河屋角飞孤鹜。夜半寒更催细雨。倚枕听来，两鬓星星著。展眼年光须回顾，襟间料峭如何诉。

二〇二〇年九月二十二日

瑞鹤仙 秋荷

暮烟人影息。又白鹭飞来，翩跹池壁。霜凝旧踪迹。遍秋塘谁共，前尘狼藉。徘徊月夕。任清寒、穿云入隙。待铺排、料峭苍茫，且掬一空澄碧。堪忆。青钱初叠，风菡将擎，雨檐悄滴。心痕历历。兰舟杳，立无极。唤梧桐，漫把流光轻挽，休叹波心影寂。卧湖山、枕石衾霞，数声铁笛。

二〇二〇年九月二十九日

秋深

蝉响遏流云，
近山宜著文。
长天秋水色，
黄叶雨纷纷。

二〇二〇年九月二十九日

秋情

（一）

雨丝风片著黄昏，
烟树依依带墨痕。
搦管青灯听洒落，
秋潮檐下没云根。

（二）

烟丝醉软远山晴，
空谷流云起屐声。
诗思无端摇落处，
长天一鹭自鲜明。

（三）

姹紫嫣红旧梦空，
年光渐老太匆匆。
青冥入望北窗卧，
且醉松醪一枕风。

二〇二〇年九月三十日

寒露

远山一线青芜杳，岩岫横窗入盏来。
几笔秋痕随意绪，半天烟色共楼台。
沉吟谁识凭阑处，枯坐云生满案堆。
觅句闭门襟袖冷，流光饮彻起徘徊。

二〇二〇年十月八日

阮郎归 重阳

晓来树色又苍苍。檐前几度霜。持壶拥盏对重阳。千山入我窗。方掬水，瀹清狂。襟间匿月光。昔年字句泛微黄。流云故意长。

二〇二〇年十月二十五日

深秋点校对茶偶书

谁言秋色浅，一盏共清深。
倒映终成趣，徘徊几见心。
岫云堆叠涌，旧迹点涂参。
感喟随标记，何人解觅寻。

二〇二〇年十一月六日

偶成

夜深偶戏言，不意师相存。
灯下中肠热，屏前语笑温。
凭栏山色杳，仰首秋星繁。
牵念总当此，惺亭月一痕。

二〇二〇年十一月

点校偶书

霜阳临晓树，寒冽起襟前。
空里仍烟幛，云间落素笺。
点涂知俯仰，坐卧共流连。
浩叹苍山侧，斯人与昔年。

二〇二〇年十一月十三日

冬夜即事

（一）

山前霜月共星陈，几杵疏钟入梦真。
拥盏偶耽云水句，披书聊共素心人。
襟间容我横倨傲，灯下无由惹怨嗔。
烟树凋萧惊岁暮，车声寒夜往来频。

（二）

犹及灯前一盏陈，繁华阅彻自清真。
楼台依旧苍茫侧，斯世何妨落拓人。
写我幽怀澄永夜，听他快语绝贪嗔。
霜崖凉月恒相对，底急流光过眼频。

莹案，最末径用宋人李弥逊句。

（三）

书窗卷册任横陈，塞罨闭门觅道真。
寒屋灯深偕月影，边城山寂有斯人。
流光染彻青青鬓，夜雨催更点点嗔。
细掬冰泉双眼洗，雕声琢律讵辞频。

二〇二〇年十二月十四日

候雪口占

（一）

前山寂历无颜色，
又共云腴候雪窗。
月落江横多少意，
纷纷便觉片心降。

（二）

云腴寒碧但衔杯，
山色天光漫自开。
披卷濡毫耽旧句，
低声轻唤玉龙来。

（三）

是冬未共梅花立，
林壑迢遥屐齿寒。
耿耿襟间冰雪意，
晨昏倚遍几栏干。

二〇二一年一月八日

寒窗偶书

晓窗阒寂山痕浅，
冻墨推开诗数行。
今古但磨心一寸，
何妨袖手任行藏。

二〇二一年一月十六日

我爱云庐好七首

（一）

我爱云庐好，朝来爽气青。
白云萦远岫，烟树对晨星。
高卧无尘俗，长吟写阒宁。
渊明丛菊意，叩盏亦堪听。

（二）

我爱云庐好，此间多白云。
卷舒全逸致，奔涌郁斯文。
偶籍梨花梦，常随跂石人。
沾衣成雨色，长揖斥嚣氛。

（三）

我爱云庐好，搴帘岚霭多。
纷纷如着雨，湛湛又生波。
焕映无穷意，流连待暮何。
松声檐下是，缭绕共藤萝。

（四）

我爱云庐好，一檐山雨幽。
四时风日韵，朝暮鸟声稠。
字句俱青碧，澄怀无俗忧。
凭几每坐忘，卒岁且优游。

（五）

我爱云庐好，负暄晴昼长。
小廊闲白日，树影滉诗肠。
思入苍穹窅，茶驱霜色凉。
依窗时见鹭，敛翮立寒塘。

（六）

我爱云庐好，山青入墨深。
无鱼闲啜影，有月每当襟。
地僻远纷扰，林高多昼阴。
小窗堪寄傲，瀹茗唤幽禽。

（七）

我爱云庐好，闲居无所適。
推窗邀白月，开眼即青芜。
落落何须赏，堂堂固未趋。
枕书聊遣岁，持盏自歌呼。

二〇二一年一月二十日

除夕

庭燎山影寂，青鬓渐星星。
一夕耽歌舞，几人堪醉醒。
沉思前事在，落拓壮心零。
辞旧当今夜，拥书且寄形。

二〇二一年二月十一日

元日

先拈岁酒少年人，
处处正朝处处春。
落笔朱颜非昨夜，
青襟仍共晓光新。

二〇二一年二月十二日

满庭芳

新正之夕，得师姐新和之词，思及昔时所和，顿觉岁月迁延，睽违日久，不免感喟。奉师姐命，再和前韵

轻数流光，漫斟惆怅，新正犹滞春寒。乍逢前韵，略识旧容颜。觅字闭门当日，掬风色、琢律偏妍。凭谁问、衔杯倚杖，是否拟坡仙。此番。枯坐是，情思已竭，怎敌当年。幸山月、犹然顾盼檐边。独自长吟低喟，难留

驻，过往云烟。今宵意，徘徊笔底，辜负夜来暄。

二〇二一年二月十二日

对山偶占

耽山耽雨耽烟树，
斟饮几番白日斜。
且袖长云闲坐卧，
黄昏幽梦透窗纱。

二〇二一年三月二十四日

盆池

烟波三万顷，
明月此间多。
高卧江湖杳，
踏舷起棹歌。

二〇二一年六月八日

骤雨

云卷怒涛窗色暗，
雨携旧梦片时留。
天光泻处凭栏久，
漫掬青芜襟色幽。

二〇二一年六月二十四日

绝句

万顷烟岚一盏中，
诗文千卷共松风。
灯昏影黯山窗寂，
帘卷相思几处同？

二〇二一年十月十九日

和九日闲居

一年将尽处，秋绪共云生。
凄凄数夕雨，闲卧罢浮名。
尘襟贮风月，啸傲自澄明。
青宇骋寥阔，轻叩若有声。
天高容俯仰，何必怅颓龄。
穷巷徘徊久，相思如月倾。
谁识把菊意，阅历几枯荣。

形影徒相吊，淹留此间情。
斟酌销百虑，抱独岂无成。

二〇二一年十月二十六日

和答庞参军

偶然有相遇，倾盖不待言。
春夏共淹留，栖迟乐林园。
叩盏江湖远，素心入吟篇。
浮沉寻常事，得失古今然。
去鸿无觅处，谁与叹前缘。
斯人隐踪迹，心事岂容宣。

寄怀明月夜，独坐揖暮山。
苍茫虚舟纵，归还是何年。

二〇二一年十月二十六日

和移居

（一）

愿与比邻居，时时过其宅。
抵足言笑共，倾杯日将夕。
抚影慰平生，欣然忘形役。
好风愁眉扫，小庭列几席。
月出生浩叹，溶荡胜在昔。
奇怀并良辰，真意何待析。

（二）

愁怀无由遣，岁晚寄新诗。

匿迹入人海，敛襟欲何之。

俯仰余旧日，衔杯起相思。

已知颇殊势，屡叹各乖时。

万化随云影，情深淹在兹。

流幻百年意，任真不吾欺。

二〇二一年十月二十六日

和读山海经

岁晚寒飔起，前山草木疏。
青青犹在眼，凉月入吾庐。
世事任纷扰，雨灯映诗书。
地僻唯烟景，那得故人车。
偶然罗樽俎，不过果与蔬。
衔杯共落霞，素襟霜色俱。

坐卧北窗下，卷帘如画图。

天地无穷兴，纵浪意何如。

二〇二一年十月二十六日

和饮酒

（一）

岂顾世间名，褴褛亦饮之。
对山思故旧，寒暑又移时。
人生有代谢，衰荣常如兹。
敛翮归来意，素襟不容疑。
落日满山林，听风与相持。

（二）

徘徊无定所，拂衣就丘山。
尚同古今意，对酒共谁言。
持杯向日暮，吟啸欲穷年。
凄惶歌旧梦，破碎不堪传。

（三）

苍茫当落照，邈焉起深情。
繁华终憔悴，流俗忌令名。
无端风波阻，中途荆棘生。
善恶苟不应，蹭蹬实堪惊。
思倾一樽酒，百年竟何成。

（四）

托身焉得所，入目孤鸿飞。
秋深黯云色，临窗兀自悲。
影迹无由觅，深情向何依。
四海惟袖手，仍待斯人归。
耿耿心中意，星星青鬓衰。
鬓衰那复计，但使愿无违。

（五）

把菊进一觞，柴门掩昼喧。
好怀能几时，行僻地亦偏。
毁誉待如何，飞鸟入群山。
此心无羁缧，陶然忘归还。
杯尽壶又倾，独自已忘言。

（六）

举俗皆云非，孰能笃于是。
痛饮求一醉，盏中尽哀毁。
生涯等梦幻，盛衰亦尔尔。
令名不足惜，何必从黄绮。

（七）

苍山烟树老，小园缀残英。
谁人回车马，慰我此时情。
长星共旧盏，明河中宵倾。
万绪凭风起，摇落不平鸣。
何处悲秋客，白发共秋生。

（八）

暮山隐入夜，新月带霜姿。

澹荡襟间色，迢遥映寒枝。

圆缺恒有定，素魄不足奇。

移樽就其影，滉漾欲何为。

浩叹无今古，惟愿脱尘羁。

（九）

白云落樽盏，北窗临风开。
每作羲皇卧，碧天入吾怀。
觉来图一醉，时事与情乖。
盘桓思远游，何枝可暂栖。
先生所以乐，达人不曾泥。
醉醒岂异境，俯仰寡所谐。

远翥山河远，行迹渐成迷。
功竟终有日，壑舟驭梦回。

（十）

忽焉至不惑，行行归山隅。
斟酌有深念，荆棘布路涂。
汩泥与扬波，孰能受策驱。
所思羁远道，觞来复有余。
仰首对明河，真想在闲居。

（十一）

晨飔秉清气，此中如见道。
终日驰车马，秋色梧桐老。
坐卧听时鸟，形容无枯槁。
任真乐闲居，阅尽云霞好。
那复耽世虑，浮名以为宝。
亭亭逾一纪，素抱何须表。

（十二）

坐卧共云霞，方谓得其时。
纡辔如何学，任道固当辞。
壶觞有真意，倾身拟从兹。
披褐亦晏如，欣然无所疑。
长吟揖长星，渊明不吾欺。
宇宙廓悠悠，持杯自饮之。

（十三）

在昔闻讽咏，而今践此境。
即事无所欣，何人共醉醒。
中途情已缅，瞻望徒引领。
流幻百年间，那辨愚与颖。
岁月恒催逼，清夜烛当秉。

（十四）

靡靡岁将晚，纷纷雨雪至。
觞饮可穷年，倾杯共一醉。
千载何所知，形迹终其次。
惟思守故辙，素心所以贵。
闲居持荡志，此语当深味。

（十五）

结庐远朝市，斯人有斯宅。
清飚千古下，无由羁行迹。
衔觞怀日月，人生几至百。
斜川及时游，休叹鬓发白。
蔼蔼窗前色，寸阴自当惜。

（十六）

久立颓檐下，校书耽六经。
字句徒淹留，终日无所成。
深惭古时人，遥念起三更。
栖迟未为拙，小月在中庭。
即理叩通识，何必不平鸣。
泠风入我襟，相与契幽情。

（十七）

山居固逼仄，入户有薰风。
一觞兼一咏，自在百年中。
俗情何能尔，无由辨穷通。
冉冉明星出，初月正如弓。

（十八）

畴昔苦营营，扰攘不相得。
寒暑更推移，焉能无所惑。
世俗相欺久，岁老气渐塞。
怀人起慨然，去去就乡国。
林光随秋黯，挥杯之渊默。

（十九）

相与楫湖山，翛然忘隐仕。
浊酒且当尽，乐闲罢营己。
澹荡随白云，奔竞以为耻。
斯世须快饮，寄意樽盏里。
淹留壑舟逝，澄风须有纪。
俯仰终一世，何必留行止。
唯求素心人，晨夕与相恃。

（二十）

生涯复能几，终怀在任真。
举俗汲汲意，如何使其淳。
亭亭空中月，遍览世间新。
颓波日浩荡，漂流近旧秦。
杨朱沾襟处，满目俱埃尘。
从来功名士，驰骋颇殷勤。
白发难为俦，倾盖不相亲。

挥觞祛百虑，那问要路津。

啸傲轩窗下，莫负头上巾。

念此岂无慨，千载有斯人。

二〇二一年十月三十日

临江仙 辛丑小雪次裕之韵有作

风雨连宵残梦冷，觉来未省何时。衾间辗转几行诗。隔窗听不尽，心事已成丝。长忆江湖横楫处，从容擸管然脂。当头河汉映荒祠。谁人吹铁笛，明月在寒枝。

二〇二一年十一月二十二日

临江仙

题图复次裕之韵

帘卷千山飞暮雪，拥衾把盏移时。半生心事眼前诗。一樽寒月影，染却几青丝。漫撷梅花清昼永，唤谁映雪凝脂。黄昏策马立村祠。红尘云外杳，他日寄新枝。

二〇二一年十一月二十五日